First published in Switzerland under the title *Ein Esel geht nach Bethlehem.*

First Spanish language edition published in the United States in 1998
by Ediciones Norte-Sur, an imprint of Nord-Sud Verlag AG, Gossau Zürich, Switzerland.

Library of Congress Cataloging-in-Publication Data is available.

ISBN 0-7358-1001-X (Spanish paperback)
3 5 7 9 PB 10 8 6 4 2
ISBN 0-7358-1000-1 (Spanish hardcover)
1 3 5 7 9 PB 10 8 6 4 2

Printed in Belgium

Si desea más información sobre este libro o sobre otras publicaciones de Ediciones Norte-Sur,
visite nuestra página en el World Wide Web: http://www.northsouth.com

El burrito de Belén

Un cuento de Navidad escrito por Gerda Marie Scheidl
Versión e ilustraciones de Bernadette Watts

Traducido por Alis Alejandro

Ediciones Norte-Sur
New York

Hace muchos años, nació un bebé en un establo de Belén. Gente de todo el mundo comenzó a venir al poco tiempo para ver con sus propios ojos al recién nacido. Los visitantes creían que el bebé estaba destinado a ser Rey.

La noticia del nuevo Rey que dormía en un pesebre de heno también llegó a oídos de un burrito. Sin embargo, el amo del burrito pensaba que la noticia no era cierta y le prohibió que fuera a Belén.

—Los reyes nacen en palacios —dijo el amo—. No nacen en un establo.

Pero el burrito creía en lo que la gente decía y deseaba con todo su corazón ver al bebé recién nacido. Así fue como decidió dejar a su amo y al caer la noche se marchó en silencio para ver al Rey.

A pesar de que el burrito sabía que con cada paso se acercaba más y más a Belén, tenía que luchar constantemente contra el miedo que sentía en la oscuridad. En su camino, atravesó campos cubiertos de plantas espinosas y tropezó con piedras, troncos caídos y rocas. Pero nunca dejó de pensar en su meta final: ver al nuevo Rey.

Al poco tiempo, el burrito se encontró con un camello.

—¿A dónde vas? —le preguntó el camello.

—Voy a Belén a ver al nuevo Rey.

Al escuchar esto, el camello lo miró con desprecio.

—¡Tonterías! —dijo—. Nadie dejará que te acerques al Rey. ¡Te echarán enseguida!

—¿Por qué? —preguntó el burro con tristeza.

—Porque eres un burro y un burro es un animal tonto e insignificante —respondió orgulloso el camello mientras continuaba su camino.

El burrito se sintió tan herido y confuso que le faltó poco para volver sobre sus pasos y regresar junto a su amo.

—¡No! —se dijo finalmente con determinación—. No renunciaré al viaje. Seguiré hasta ver al nuevo Rey.

Decidido, el burrito golpeó varias veces el suelo con las pezuñas y continuó avanzando por el pedregoso sendero.

De repente, apareció un león entre las tinieblas. El burrito le contó que iba a presentarse ante el nuevo Rey. Al oír esto, el león rugió con gran soberbia y dijo:

—Ningún Rey aceptará verte. ¡Mírame! Soy el Rey de todos los animales. Soy el único animal digno de ser aceptado por otro Rey.

Al terminar de hablar, el león sacudió la melena y le dio la espalda al humilde burrito.

En el camino, al burrito también se le acercó una hiena.
—¡Eh! Burro tonto —dijo la hiena—. ¿De verdad crees que algún rey se fijará en ti? Tú has nacido para llevar cargas y no para estar en presencia de reyes.

La hiena se rió con malicia y desapareció en medio de la noche.

Al burrito se le acercaron muchos animales esa noche. Un zorro del desierto lo miró con hostilidad; un lobo le gruñó y quiso morderle las patas. Un carnero le dio un brusco empujón.

Después de todo esto, el burrito estaba tan triste y sin fuerzas que apenas se atrevía a levantar la cabeza. Además, a su alrededor la oscuridad era tal que el pobre burrito tropezaba a cada paso. ¿Acaso no había ni una sola estrella que pudiera consolarlo e indicarle el camino?

De pronto, un intenso resplandor pareció rodear al burrito y su miedo y su angustia desaparecieron. El burrito levantó poco a poco la mirada y vio que varios ángeles con doradas vestimentas le indicaban el camino a Belén.

Cuando le quedaban tan sólo unos pasos para llegar a Belén, el burrito vio una estrella hermosa. La estrella estaba justo encima de un establo al costado del camino y parecía cubrir el mundo entero con su manto de luz. El burrito estaba maravillado y sintió su corazón rebosante de alegría. Se acercó lentamente a la puerta del establo y entró.

Allí, en el pesebre de heno, tal como le habían dicho, estaba el recién nacido con María y José a su lado. El bebé parecía feliz de verlo y extendió sonriendo sus manos hacia el burrito. Como toda respuesta, el burrito hizo una reverencia ante su Rey. Su viaje había terminado.